Diepe Keel (BDSM)
Overheersing en erotische onderwerping
Erika Sanders

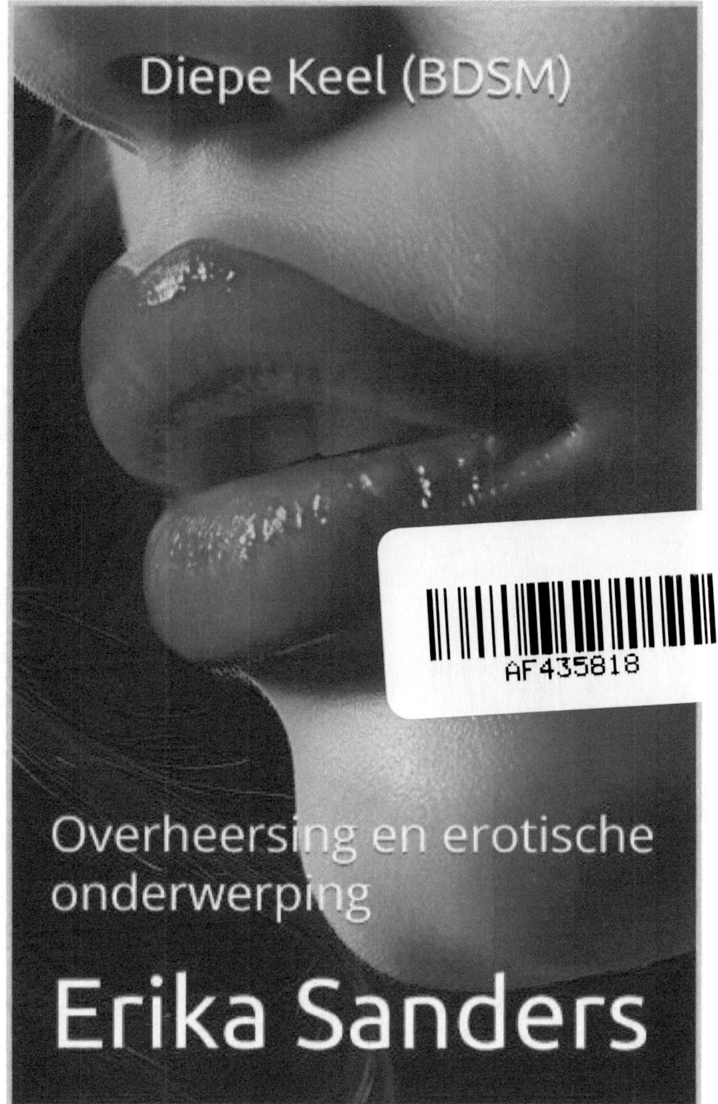

Diepe Keel
(BDSM)

Erika Sanders

Overheersing en erotische onderwerping

Samenvatting

Julieta is een rechercheur die, om haar zaken op te lossen, niet aarzelt om de regels een beetje te overtreden als dat nodig is.

Haar zus Barbara neemt haar in dienst omdat ze een probleem heeft met seksuele chantage in haar bedrijf.

Ze wil dat Julieta enkele compromitterende BDSM-video's vindt en ze verwijdert.

Wanneer Julieta deze video's verwijdert, is ze nieuwsgierig en begint ze af te spelen.

Daarin ziet hij zijn zus die zich bezighoudt met BDSM seksuele handelingen die hem beginnen te fascineren...

Diepe Keel (BDSM) is een roman met een sterk erotisch BDSM-gehalte en opnieuw een nieuwe roman uit de Erotic Domination-collectie, een reeks romans met een hoog romantisch en erotisch BDSM-gehalte.

(Alle personages zijn 18 jaar of ouder)

Opmerking voor de auteur:

Erika Sanders is een internationaal bekende schrijfster, vertaald in meer dan twintig talen, die haar meest erotische geschriften, ver van haar gebruikelijke proza, signeert met haar meisjesnaam.

Inhoudsopgave

DIEPE KEEL
(BDSM)
ERIKA SANDERS

VOORWOORD

Een paar jaar geleden

Het begon allemaal toen de directeur van een groot nieuwsbedrijf tijdens een feestelijk evenement een heel eenvoudig aanbod deed:

'Kom naar mijn kantoor,' zei hij. "Ik wil graag enkele zakelijke kansen met u bespreken."

Barbara voelde dat ze boven de wolken zweefde.

Na de nacht te hebben doorgebracht op het uitbundige gala met beroemdheden en politici, was dit zeker zijn kans om een fulltime baan te krijgen in de wereld van het kabelnieuws.

'Dat zou geweldig zijn,' antwoordde ze verbaasd.

"Kom op. Je hebt waarschijnlijk gehoord dat we erover nadenken om een nieuwe liveshow te maken en dat we op zoek zijn naar nieuwe gezichten."

Vorig jaar had hij voor dit bedrijf juridische analyses gegeven over enkele van de best beoordeelde programma's.

Op Twitter leek hij dol te zijn op zijn analyse.

En in dit gezelschap moesten vrouwen mooi zijn en goed praten om succesvol te zijn.

Barbara's blonde haar, haar scherpe humor en haar brutale neus gaven haar de ingrediënten van een televisiester.

"Dat zou ik leuk vinden", zei hij met zijn glimlach op het eerste gezicht, terwijl hij zijn professionele maar vriendelijke houding behield.

Het executive charmeoffensief was op zijn hoogtepunt en ze verlieten het feest om de zaken privé te bespreken.

Het kantoor was niet ver weg.

Ze staken de straat over, zij in haar glamoureuze jurk en hij in zijn elegante smoking.

Het gesprek was ongedwongen en flirterig, alsof ze meer op een eerste date waren dan op een interview.

'Tegen de tijd dat ze bij de uitvoerende macht kwamen, had Barbara het gevoel dat ze in een wereld was gestapt waar regelmatig miljoenen dollars werden onderhandeld, waar carrières werden gemaakt of geruïneerd.

Ze zette haar perfecte pokerface op en was vastbesloten haar zenuwen te maskeren.

Het hoofdkantoor was ongebruikelijk.

Het is ontworpen en ingericht om op een gezellig huis te lijken.

Er waren leren banken en houten kasten.

Er waren boeken op de planken en foto's aan de muur.

De muren waren donker van kleur en het was gemakkelijk om je ontspannen te voelen.

Na een paar glazen whisky te hebben ingeschonken, stond de baas schouder aan schouder met Barbara voor een groot raam met uitzicht op de stad.

Daar bespraken ze hun ambities, hoop en dromen.

Toen hij deze vragen eerlijk beantwoordde, was ze bemoedigd dat hij leek te beseffen dat ze meer was dan alleen een mooi gezicht.

'Laten we aan de slag gaan,' zei hij, dicht bij haar oor leunend. "Je bent een heel slimme vrouw en ik weet zeker dat je al hebt ontdekt hoe dit bedrijf werkt."

Ze trok een wenkbrauw op.

'O? En hoe werkt het?'

'Nou, weet je, mooie vrouwen zoals jij halen de moderatorsstoel bij mijn bedrijf niet tenzij ze meewerken.'

"Ik ben altijd een teamspeler geweest", antwoordde Barbara.

Hij toonde een charmante glimlach.

"Je weet wat ik bedoel, toch?"

"O ja?" Ze lachte. 'Voor jou en voor wie nog meer?'

Barbara wist precies waar de baas het over had toen ze de geruchten hoorde.

Ze had aangenomen dat het grotendeels geruchten waren, althans dat leek haar, dus ze dacht dat de baas die geruchten zou gebruiken om haar te ergeren.

Ze probeerde te lachen, in de hoop dat het een misverstand was. Toch was hij serieus.

"Iedereen in de politiek en de media heeft een vriend. Zo werkt het. En als dat zou gebeuren, zou je perfect bij je passen. Je hebt alle kwaliteiten die ik zoek in een vrouw."

Ze slikte.

"En wat moet ik doen?"

"Als je met de grote jongens wilt spelen, moet je je aan onze regels houden. Het kan zijn dat je af en toe moet pijpen."

Aangezien ze een vrouw was die van pikken zuigen hield, was het een interessant voorstel.

Maar hij had nog nooit zaken met plezier gemengd.

Met zijn laatste onderwerping aan de horizon had hij zich nog nooit zo in de war gevoeld.

'Je maakt vast een grapje,' zei hij voorzichtig.

"Voelt u zich daar ongemakkelijk bij?"

"Je bent echt een charmante man, maar ik heb altijd vertrouwd op de kracht van verdienste in mijn werk. Ik heb mijn hele leven heel hard gewerkt."

'Je kunt niet zo naïef zijn,' vroeg ze. 'Ik weet zeker dat de meeste van je bazen je probeerden te neuken. En waarschijnlijk ook een paar van je bazen.'

"Ik weet het. Je hebt gelijk. Is dat wat je nu probeert te doen? Probeer je me te neuken?"

Hij knikte kort.

"Om eerlijk te zijn, ben ik graag dominant. Maar ik ben ook enorm vrijgevig naar mijn collega's. Ik kan je de ster maken die je altijd al wilde zijn, omdat je dat potentieel hebt. Heb je ooit deelgenomen aan BDSM-activiteiten?"

'Nooit,' antwoordde ze buiten adem.

"Bang?"

"Dat is me nog nooit eerder gevraagd. Ik zou er wel voor openstaan, maar dan met de juiste persoon."

'Voor zover ik weet, ben je altijd een heterovrouw geweest,' zei ze. "Dat is prima. Maar er is niets mis met de omelet. En ik vind het heerlijk om vrouwen te introduceren en te oefenen in mijn leuke stijl."

Barbara's hartslag ging omhoog bij de gedachte "getraind" te worden.

Het was een verleidelijk aanbod, vooral omdat hij ervaren leek.

Ze haalde diep adem.

'Je laat me nu blozen.'

Ze stonden tegenover elkaar.

De baas keek haar diep in de ogen alsof ze zijn volgende stap aan het plannen was.

De baas liep bij haar weg en opende een bureaula.

Binnen waren allerlei soorten speelgoed; Peddels, slagen, vibrators.

De stemming in de kamer veranderde toen hij een riem om een leren halsband nam.

"Ben je een goede klootzak?" vroeg hij onbewogen terwijl hij het speelgoed vasthield.

Ze slikte.

'Ja, dat ben ik. Ik ben er dol op.'

"Heb je een kokhalsreflex?"

"Normaal", gaf hij toe.

'Nou, ik moet je mondelinge vaardigheden op de proef stellen. Dat is een zeer belangrijke eigenschap voor elke nieuwslezer, vind je niet?'

Barbara zat het volgende kwartier op haar knieën toen ze hem stofzuigde nadat hij de halsband om haar nek had gedaan.

Hij had zich nog nooit zo hulpeloos gevoeld als nu toen hij de riem voelde waaraan zijn baas zich vasthield.

Toen zijn dikke pik in haar mond kwam, kon hij alleen de singel innemen als hij eraan begon te zuigen.

Als teken van beheersing trok hij af en toe strak aan de lijn.

Als het doel was om haar kokhalsreflex te testen, was ze vastbesloten om voor die test te slagen.

Tegen de tijd dat de seksuele daad voorbij was, was Barbara's vroegere glamoureuze uiterlijk volledig verdwenen.

Haar mascara liep over haar wangen met tranen van misselijkheid.

Haar lippenstift was uitgesmeerd en er waren druppels witte melk op haar kin die rond haar mond sijpelden.

Barbara liet haar hoofd zakken zodat hij de riem kon verwijderen.

Het was bedwelmend en vernederend tegelijk.

Ze voelde zich verward en wist niet hoe ze moest reageren na zo'n moment.

Dit was zeker nieuw terrein.

De vinger van de baas tilde haar kin op en ze ontmoetten elkaar in de ogen.

Ze bleef op haar knieën zitten, de natte pik van de baas bungelde nog steeds voor haar gezicht.

'Vertel het aan niemand,' zei hij met een sluwe glimlach. 'Maar alles is op video vastgelegd. Ik heb graag alle macht. Ik heb je aandacht getrokken, nietwaar? Laten we het nu over zaken hebben.'

Barbara hapte naar adem voordat ze een nepglimlach op haar gezicht toverde.

HOOFDSTUK 1

Na drie weken van zorgvuldig onderzoek en toezicht was Julieta op weg.

Weg was haar eigen korte, warrige bruine haar.

Nu was ze blond.

Haar voorheen eenvoudige garderobe was vervangen door een sexy jurk die de vorm van haar lichaam benadrukte.

Niet veel bekende mensen uit haar privéleven zouden haar hebben herkend.

Ze zou kunnen zijn wat een klant van haar nodig had.

Niemand leek op de hare en durfde haar echte motieven niet in twijfel te trekken toen ze onder een valse naam incheckte bij de beveiligingsbalie in de lobby.

En alle resterende zorgen die ze had over het half zwaaien op haar nieuwe hakken was verdwenen.

Ze had deze hoge hakken al onder de knie en zag een paar dwalende ogen op haar benen.

Haar hakken klikten hard op de tegelvloer terwijl ze naar de lift liep.

Oh ja, ze was gearriveerd.

* * *

Nadat hij de juiste verdieping had bereikt, liep hij door de gang naar een plek waarvan hij nooit had gedacht dat hij die zou bezoeken.

Julieta passeerde drukke stagiaires, overreden medewerkers en slimme, sexy vrouwen die zich voorbereidden op hun televisieoptredens en gingen in elkaar over.

Om de hoek was de kleedkamer.

Binnen zag ze haar oudere zus apart van de anderen voor een spiegel zitten terwijl een team van stylisten hun magie afmaakte.

Zoals altijd als ze haar na een tijdje weer zag, was Julieta verbaasd over de schoonheid van haar oudere zus.

Het was jaren geleden dat ze elkaar voor het laatst persoonlijk spraken.

Ze waren altijd uit elkaar geweest toen hun familiedrama een leegte tussen hen hield.

Maar uiteindelijk is familie familie en voelde ze zich gedwongen om alles voor haar oudere zus te doen.

Ze klopte op de deurpost om zijn aandacht te trekken, en de stylisten keken haar met milde nieuwsgierigheid aan.

Even later was haar oudere zus gewend aan Julia's nieuwe uiterlijk.

Barbara wees naar de make-up- en garderobe-assistenten.

'We zijn klaar. Geef ons wat privacy.'

De medewerkers vluchtten voor hun veeleisende baas en lieten de zussen met rust.

'Verrast me te zien?' vroeg Julieta, ging naar de kleedkamer en sloot de deur.

"Eigenlijk ben ik dat. Ik ben verbaasd dat je er niet meer uitziet als een tomboy. Je lijkt nu veel op mij, in die jurk en make-up. En die hakken. Mijn God, ik heb je nog nooit zo gezien.

"Het is bijna poëtisch dat we in elkaar zakken in een kleedkamer, vind je niet?"

'Het spijt me van alles,' antwoordde Barbara. "Ik wou dat het anders was geweest tussen ons. Misschien kunnen we na dit alles..."

Julia kwam tussenbeide.

"We kunnen onze verschillen de volgende keer bijleggen. Ik ben hier om een klus te klaren en ik moet mijn hoofd erbij houden. Ik heb nog nooit zoiets gedaan. Nooit. En dat is gewoon omdat we een familie zijn."

'Dank je. Je zult goed worden beloond voor je werk.'

"Op basis van wat ik over je heb gelezen in de roddelbladen, verwacht ik een serieus tarief. Het klinkt alsof je verschillende indrukwekkende aanbiedingen hebt ontvangen van andere kabelnetwerken."

'Als je me kunt helpen, hoef je alleen maar je tarief te zeggen.'

Julia knikte.

"Een vriend heeft de beveiligingscodes en de plattegrond weten te bemachtigen. Dat is zeker te doen."

"Welke vrienden heb je?"

'Je hebt een team nodig om dit soort werk te doen,' antwoordde Julieta. 'Is er nog iets dat ik moet weten? Heeft hij je ooit openlijk bedreigd? Als ik dat doe, zal hij dan vermoeden dat je erbij betrokken was?'

Barbara schudde haar hoofd.

"Geen sprake van. Hij heeft me nooit bedreigd of zo. Het zijn nu alleen maar hints en toespelingen. Hij weet dat ik cv's indien en dat ik hier weg wil. Dan maakt hij denigrerende opmerkingen over onze kleine videocollectie en... nou... je snapt het idee."

"Dit is afpersing".

"Noem het hoe je wil".

"Gebeurt dat ook bij andere vrouwen in dit bedrijf?" vroeg Julia.

Barbara lachte bijna.

"Hij vertelde me ooit dat aantrekkelijke vrouwen zoals ik niet de lucht in gaan zonder terug te geven. En ik weet dat veel vrouwen zijn wat hij zijn 'fucking toys' noemt. Als de chantage eenmaal naar buiten komt, doet niemand nog een stap Ze zijn bang als ze ontdekken dat hun meest intieme momenten zijn vastgelegd zonder hun medeweten.

Met haar scherpe blik zag Julieta een vage reeks lijnen aan de zijkanten van de nek en schouders van haar zus.

Hij kamde Barbara's mooie blonde haar achterover en legde de sporen bloot.

'Dat was vriendschappelijk, hoop ik,' zei Julieta voordat ze zachtjes de lijnen aanraakte.

Barbara hief haar wimpers op.

"Het is altijd in overleg."

Na haar hele volwassen leven menselijk gedrag te hebben bestudeerd, las Juliet de lichaamstaal en toon van haar zus in.

Ze aarzelde om het te vragen, maar wilde het echt weten.

"Houd je van seks met hem?"

'Ja,' zei Barbara zonder aarzelen. 'Je bent altijd een nieuwsgierig zusje geweest. Ik weet zeker dat je het snel zult begrijpen. Ik wou dat je het niet had, maar ik weet dat je het wel zult krijgen.'

'Ik moet een paar video's bekijken. Ik ga niet zijn hele harde schijf wissen. Alleen de dingen die ik moet weggooien.'

'Eerlijk genoeg. Ik zal proberen me hier niet voor te schamen.'

'Ik heb geheimen om te leven,' antwoordde Julieta.

'Bedankt. Hoe ga je dat doen?'

Julieta stak haar hand in haar zak en haalde er een normaal uitziende smartphone uit.

Hij hield het Barbara voor om het te onderzoeken.

Na het aanzetten van het scherm verscheen er een versleutelde code, die duidelijk maakte dat het geen normale telefoon was.

'Het is het soort dingen dat spionnen gebruiken,' zei Juliet fluisterend. "Ik sluit hem aan op je harde schijf en ontlast alles. Als het wordt gebruikt voor iets krachtigers dan het opnemen van vrouwen die seks hebben, zal je computer crashen. Zoals ik al zei, ik doe dit alleen maar omdat jij dat bent."

Barbara toonde haar bekroonde glimlach.

"Ik wist niet dat ik een sexy nerdtechniek op mijn zus had. Heel erg bedankt. Je bent een redder in nood."

'Bedank me nog niet, Barb. Het is een riskante klus. En onthoud, deze technologie heeft me een fortuin gekost, dus ik hoop dat je me goed betaalt.'

"Als ik in juli dit contract met een ander kabelbedrijf heb, kun je het je veroorloven om een heel jaar op vakantie te gaan. Geloof me."

Toen Juliet besefte dat ze haar werk moest doen, keek ze naar de tijd.

Ja, het was tijd om in actie te komen.

'Ik moet gaan,' zei Julieta. "De window of opportunity gaat bijna open."

Ondanks hun lange periode van vervreemding bleven hun broederlijke banden bestaan.

En toen ze zenuwachtig afscheid namen, waren ze vastbesloten om te zegevieren.

HOOFDSTUK 2

Stevens' kantoor was in het topmanagement.

Zoals verwacht waren er verschillende andere vrouwen in de lobby aan het kletsen, allemaal professioneel gekleed.

Hoewel ze eruitzagen als zakenvrouwen, waren ze eigenlijk voor andere doeleinden ingehuurd.

Julieta zat in de hal en mengde zich tussen alle andere vrouwen.

Ze was nerveus en opgewonden om haar heen.

Toen de tijd daar was, kwamen twee lange mannen in zwarte pakken en vertelden iedereen dat het proces goed zou worden uitgevoerd.

De vrouwen gingen in de rij staan en een van de bewakers hield een klembord omhoog om hun namen te controleren.

Julieta was aan het einde van de lijn en wist dat dit een hele uitdaging zou worden.

Maar ze was klaar.

Ze was een vindingrijke vrouw, ze had altijd alternatieven.

Toen het haar beurt was, aarzelde ze om de twee lijvige mannen onder ogen te zien aan wie elk van de mooie vrouwen onverschillig leek.

"Achternaam?" vroeg de uitdrukkingsloze man met de ogen op de lijst.

"Karen".

De man keek naar de lijst en toen naar haar.

'Je naam staat er niet bij. Heb je een ander alias?'

'Hmm... ik wist dat dit ging gebeuren. Mevrouw Andrea voegde me op het laatste moment toe. Kun je geen uitzondering maken? Je kunt haar bellen als je wilt.'

'Dat kan ik niet,' zei de man op ernstige toon. "Je staat op de lijst of niet."

Juliet veinsde teleurstelling en sprak met een vrouwenstem:

'Hoe zit het met deze ID? Het lijkt overal te werken.'

Hij tilde discreet de voorkant van haar rok op en haakte haar slipje aan met zijn duim.

Ze trok zich terug en onthulde een vers geschoren kutje.

Dit was zijn back-upplan dat hij alleen voor zeldzame momenten wilde vermijden, maar hij wist dat het werkte toen de man met de man met het stenen gezicht plotseling zijn humeur brak en gaapte.

'Dat lijkt me een uitstekende identificatie,' zei hij met een knikje. 'Ga je gang, juffrouw Karen.'

'Wat ridderlijk van hem,' flirtte ze toen ze binnenkwam.

* * *

De aflevering van haar poesje blootstelling maakte Juliet ongemakkelijk, maar ze was klaar om de regels te buigen op zoek naar gerechtigheid.

Dat maakte haar zo'n succesvolle privédetective.

De groep vrouwen werd begeleid naar verschillende kamers waar meerdere mannen stonden te wachten.

Vandaag was een soort "auditie", voordelen waarvan het topmanagement mocht genieten.

Hij observeerde de situatie in het geheim en wachtte tot de laatste vrouw een kamer binnenglipte voordat hij onopgemerkt weggleed.

Het was een indrukwekkende beweging op haar hoge hakken.

Uit het werk van haar onderzoek wist ze dat de secretaresse van Stevens op dit uur afwezig zou zijn, zodat ze de losbandigheid niet zou zien.

Dus Julia ging naar het hoofdkantoor en voerde het geheime wachtwoord in.

Dit wachtwoord werd gebruikt om de deur te openen zodat hij discreet binnenkwam zonder geluid te maken.

Dit was het domein van Stevens, de plaats waar het hoofd van het bedrijf zijn zaken deed en seks had.

Het belangrijkste was dat hier de harde schijf zich bevond.

Ze zweeg even en genoot van het gevoel alleen te zijn in het kantoor van de baas.

Hij was succesvol in zulke hoge druk banen en vond het risico bedwelmend.

Hij was verrast dat het kantoor eruitzag als een luxe appartement.

Het was erg gastvrij.

De tijd was cruciaal en ze ging meteen naar de computer.

Nadat hij het scherm had aangezet, zag hij dat het met een wachtwoord was beveiligd, zoals hij had verwacht.

Ze stak haar hand in haar zak en stopte de aangepaste smartphone in de USB-poort van de computer.

Succes.

Bescherming tijdens het liggen.

Terwijl Juliet door de dossiers bladerde, ontdekte ze dat ze nu toegang had tot alle privégegevens van Stevens.

Ze wist meteen dat deze computer verbonden was met een heel netwerk van verborgen camera's op deze verdieping.

Hij klikte er een aan en was verbaasd wat er in een andere kamer aan het einde van de gang gebeurde.

Twee vrouwen flirtten met een man en leken om de beurt een dildo door te slikken.

In een andere kamer hadden drie vrouwen hun slipje naar beneden en het leek alsof ze een vibrator deelden.

Hij zette de camera's uit en ging terug naar de computerbestanden.

En hij vond snel wat hij zocht.

Klootzak, fluisterde ze tegen zichzelf.

Er waren mappen voor enkele van de beste vrouwelijke presentatoren op internet, samen met een paar andere mensen die ze herkende.

Wat ze allemaal gemeen hadden, was het uiterlijk van een krachtig meisje: een stralende glimlach, opvallende benen, glamoureus haar en een geweldige sexappeal.

Juliet overwoog bij zichzelf wat ze nu moest doen.

Haar meest kinky kant won uiteindelijk en ze klikte om een map met de naam 'Barbara' te openen.

De map van zijn zus.

HOOFDSTUK 3

Ze keek naar de laatste opname, waaruit bleek dat haar oudere zus helemaal verzorgd was en klaar was om aan haar middagshow te beginnen.

De bovenkant van Barbara's jurk zat hoog en strak om haar middel.

Terwijl ze met haar gezicht naar beneden op het bureau van de baas lag, neukte hij haar van achteren.

Hij hield een kleine zweep in zijn hand en sloeg Barbara hard op de rug.

Toen ze het geluid speelde, was Julieta er zeker van dat ze kreten van pijn en plezier zou horen.

Het leek alsof de baas Barbara's kont neukte.

'Vuile trut,' mompelde Juliet met een glimlach in zichzelf. 'Dus je hebt die vlekken op je rug.'

Juliet kon het niet laten en klikte op een ander filmpje.

Deze keer zag hij zijn beroemde oudere zus op haar knieën, vastgebonden aan een ketting aan een leiband.

Een forse man die ze herkende als een bewaker die aan de riem trok, terwijl Barbara diep slikte en tussen de ademhalingen door een andere man afzuigde die een senior executive leek te zijn.

Het verrassende of niet zo verrassende was dat Barbara uiteindelijk, nadat beide mannen hun mond hadden gevuld met sperma, glimlachte en blij leek met haar aandacht.

Met een glimlach vol sperma leek ze het later gezellig te hebben met de mannen.

Julieta's vermoedens werden bevestigd.

Ze wist dat er een reden was waarom haar zus niet wilde dat ze deze video's zag.

Het waren niet alleen seksvideo's.

Diep van binnen kon hij zien dat Barbara ondanks de chantage een echt product van BDSM was geworden.

In werkelijkheid was het Julia ook.

Ze kon dus niet boos worden op haar zus.

Ze had veel ruige sekservaring in haar jonge jaren toen ze werd gepromoveerd tot rechercheur bij de politie.

Werk had zijn slechte momenten, en seks was iets dat angst wegnam en verlichtte.

Voor hen was ruige seks beter in het verminderen van stress dan drugs of alcohol.

Ze sloot de video af van haar zus die aan een lul zuigt en zich afvraagt of ze een andere moet kijken.

Maar hoe langer ze bleef, hoe groter de kans om gepakt te worden.

Hij wilde de vrouwen van het bedrijf een groot plezier doen door de bestanden te wissen en het hele mainframe op slot te doen.

De baas verdiende niets.

Hij stopte toen hij een map met de naam "Power" zag.

Wat de fuck kan het zijn?

Voor een man als Stevens moet het iets heel opvallends zijn geweest.

Julia's nieuwsgierige kant won het en ze keek er snel naar.

In de map zat een lijst met achternamen, waarvan hij er enkele herkende.

Het waren vooraanstaande politici op alle overheidsniveaus.

Dat kon toch niet zijn wat ze dacht?

Hij klikte op een herkenbare naam die de achternaam van de officier van justitie bleek te zijn.

Er werd een video afgespeeld die eruitzag als een geheime opname in een luxe hotelkamer.

Zijn vermoedens werden bevestigd dat het de officier van justitie was die op video seks had met wat leek op een vrouwelijke escorte.

De aanklager werd geboeid terwijl ze vernederende seksuele handelingen met hem verrichtten.

'O mijn god,' hijgde ze, zich realiserend dat ze zojuist een dossier van afpersing was tegengekomen.

'Waar was dat in godsnaam voor? Zou het ooit gebruikt worden? Is er nu iets gebruikt?' Ze vroeg zich af.

Hoewel hij jarenlang met niemand van de politie had gesproken, was dit informatie die aan zijn voormalige collega's moest worden doorgegeven.

Maar ze had een groot probleem.

Inbreken in een kantoor en een computer hacken is illegaal zonder een bevelschrift.

Hij wist dat de beste manier zou zijn om van al dit materiaal een kopie te maken en het anoniem door te geven aan zijn voormalige collega's.

Iemand zou weten wat ermee te doen.

Helaas had ze niet de apparatuur om een kopie te maken, wat betekende dat ze morgen terug moest komen om de klus te klaren.

Julieta trok de stekker uit het stopcontact en stopte hem weer in haar zak.

Hij maakte het toetsenbord schoon met een tissue.

Voordat hij het kantoor verliet, sloot hij zijn ogen en haalde diep adem.

Ze had veel offers gebracht en had veel moeilijkheden in het leven.

Zou dat echt erger zijn?

Ze wist dat ze er spijt van zou krijgen.

Met haar duistere impulsen liet ze een kant van zichzelf los waarvan ze wenste dat ze die voor altijd kon opsluiten.

Maar dat zou voor het algemeen belang zijn.

Julieta opende de deur en zorgde ervoor dat de kust veilig was voordat ze het kantoor van de baas verliet.

Om morgen naar dit appartement terug te keren, zou ze een van de tests moeten doorstaan en worden "ingewijd" in de groep metgezellen.

Ik zou deze mensen nooit meer zien.

Als ze haar vermomming eenmaal had laten vallen, zouden ze haar nooit meer herkennen.

Dan zou het het offer waard zijn geweest.

HOOFDSTUK 4

De orale sekskamer leek het minst opdringerig omdat ze geen van haar lichaamsdelen hoefde te strippen.

Net als haar oudere zus was ze gezegend met het vermogen om een goede lul in haar keel te duwen zonder over te geven.

Als hij dit één keer voor een groep vreemden zou kunnen doen, zou hij een groot complot kunnen verstoren.

Ironisch genoeg had ze nog nooit zo'n groot complot ontdekt, zelfs niet toen ze officieel rechercheur was.

Hij ging een van de kamers binnen waar een goedgeklede man verschillende vrouwen aan het zuigen was op dildo's van verschillende groottes.

Hij bestudeerde de prestaties zorgvuldig om te zien wie de beste natuurlijke vermogens had en wist wat hij moest doen om ze te verbeteren.

De vrouwen hadden tranen in hun ogen toen de make-up over hun wangen liep.

'Jij bent aan de beurt,' zei de man nadat de laatste vrouw klaar was. 'Je ziet eruit als een meisje van twintig centimeter.'

Juliet knikte en nam de uitdaging aan.

"Geen probleem"

De man was niet onder de indruk, alsof hij die woorden al duizend keer had gehoord.

Hij was duidelijk gewend aan het ontmoeten van vrouwen die succesvolle mediavertegenwoordigers wilden vergezellen en die veel geld hadden.

Juliet pakte nonchalant de dildo om bij de groep sekswerkers te passen.

Hij opende zijn mond en slikte het seksspeeltje in één klap door.

Ze sloot haar ogen, sloeg haar lippen om de dildo en zoog zo hard dat haar wangen om het siliconen speeltje krulden.

Bij elke pas duwde hij het helemaal in zijn keel zonder geluid te maken.

Ze opende haar ogen en trok de met speeksel bedekte dildo uit haar keel.

Oh ja, de man was tevreden.

Hij glimlachte.

'Getalenteerd,' zei hij, op zoek naar een ander speeltje. 'Laten we eens kijken hoe je met een tien-inch exemplaar omgaat.'

Juliet hield haar pokerface.

Ze wist dat dit een groot risico was.

Hij zou zeker stikken, maar hij kon geen zwakte tonen.

Zijn vermogen om terug te gaan en de klus te klaren, hing af van die rubberen penis die langs zijn nek liep.

Nadat hij dildo's had uitgewisseld, hield hij zijn adem in terwijl hij hem in zijn mond stopte.

Ze aarzelde geen moment en koos ervoor om zo ontspannen mogelijk te blijven om haar kokhalsreflex niet te activeren.

Hij hield de dildo tegen zijn keel.

Voordat ze smerig kon gorgelen, trok ze de dildo uit haar mond en haalde diep adem, terwijl ze een waardige houding aanhield.

'Ik wil morgen de baan,' zei Julieta, zichzelf dwingend kalm te klinken, ook al zou het meer tijd kosten om goed te ademen. "Mijn pijpbeurten zijn beter dan welke andere vrouw dan ook in dit hele gebouw."

Ze voelde de vuile blikken van de andere mogelijke metgezellen in de kamer, maar ze had belangrijker dingen aan haar hoofd dan haar gevoelens.

De man knikte.

'Met zo'n mond kunnen we je zeker goed gebruiken. Wees hier morgen om tien uur. Je naam staat op de lijst.'

'Dank je,' glimlachte hij.

Toen hij de kamer verliet, zag hij de grote beveiligingsmedewerker weer.

Deze keer leek hij in een goed humeur te zijn.

'Ik ben trouwens Adams,' zei de bewaker. 'Ik zag wat u daar deed. Heel, heel indrukwekkend, juffrouw. U bent een behoorlijk perfect pakketje.'

Ze stond naast hem.

'Mijn naam is Karen. Zet me op je lijst. Ik ben hier morgenochtend en ik heb nergens een probleem mee.'

Ze wist dat haar brutale houding er alleen maar voor zorgde dat de bewaker nog meer naar haar verlangde.

Die gedachte deed hem glimlachen.

HOOFDSTUK 5

Die nacht was Julieta naakt in haar appartement, vers van een warme douche met veel stoom.

Ze had dit niveau van stress eerder ervaren, maar er stond meer op het spel met de betrokkenheid van haar zus.

Hij wikkelde een handdoek om zijn haar nadat hij zijn lichaam had afgedroogd.

Ze ging op het bed zitten en belde haar zus, die zeker uitkeek naar het nieuws.

"Je hebt voor elkaar gekregen te?" vroeg Barbara onmiddellijk na het beantwoorden van de oproep.

"Er waren complicaties."

"Wat!?"

Juliet hoorde de angst in de stem van haar zus.

Dat was volkomen begrijpelijk, aangezien zijn zus van plan was over een paar dagen contractonderhandelingen te starten met een ander kabelbedrijf.

'Ik kan het nog niet uitleggen,' zei Juliet kalm. 'Je moet me nu vertrouwen. Er is meer te doen en ik kom morgen terug.'

Barbara hapte ongelovig naar adem.

'Waarom? Wat ben je in godsnaam aan het doen?'

'Ontspan. Ik heb alles onder controle.'

Juliet keek naar haar naakte spiegelbeeld en poseerde met gebogen rug en gekruiste benen.

Hij nam de handdoek van zijn hoofd en liet zijn haar gedeeltelijk naar achteren kammen.

'Je weet wat er gaat gebeuren, nietwaar?' vroeg Barbara oprecht bezorgd. "Ze kunnen een taaie bende zijn."

'Ik hoop dat ik dat vermijd. Ik heb gezien dat ze je gebruiken.'

Na een snik van Barbara was er een paar seconden volledige stilte aan de telefoon en Juliet hield haar ogen op haar eigen benen gericht.

Ontelbare kilometers rennen op buitenpaden had hem ongelooflijke benen gegeven.

Barbara snoof.

'Er is een reden waarom we niet meer praten.'

"Ik weet dat ik dat niet had moeten zeggen. Ik heb een hectische dag gehad en morgen kan het nog erger worden."

"Doe geen domme dingen".

'We zullen dit gesprek morgen tijdens het eten beëindigen,' zei Julieta. 'Dat beloof ik. Maar op dit moment concentreer ik me op iets belangrijks.'

Hun gesprek eindigde op goede voet, toen ging hij weer aan de slag.

Terwijl ze nog naakt was, ging Julieta naar haar la en vond haar favoriete jarretelgordel en kousen.

Hij had hem al jaren niet meer gebruikt, hij had hem nooit meer nodig na zijn oude baan bij de Vice-eenheid, die undercover werkte.

Ze ging voor de spiegel staan en trok ze aan, duwde de kousen langs haar voeten en maakte ze vast aan de jarretelgordels om haar dijen.

Ze poseerde voor de spiegel.

Volgens zijn onderzoek was dit de fetisj van de baas.

Dit was vooral duidelijk in dit nieuwsnetwerk, waar de meeste presentatoren overdag bekend stonden om hun sexy benen en korte jurken.

De blik op haar naakte spiegelbeeld in de jarretellegordel en kousen bracht veel goede herinneringen naar boven.

Ze wist hoe ze dit ondergoed als wapen moest gebruiken.

Ze herinnerde zich de clubs waar ze naar toe ging en dacht aan de ruige en vernederende seks die haar stressniveau had verminderd.

Haar vingers bewogen naar beneden en ze sloot haar ogen toen ze elkaar aanraakten.

HOOFDSTUK 6

Julieta kwam de volgende dag vroeg terug om ongeveer negen uur 's ochtends om de situatie te onderzoeken.

Deze keer vermeed hij zijn zus en hun onvermijdelijke discussie, wat alleen maar een afleiding zou zijn.

Ze ging naar de directie.

Net als de dag ervoor waren haar haar en make-up glamoureus, maar haar jurk was iets korter.

Het was niet echt vies of ongepast, maar het was genoeg om een beetje extra aandacht te krijgen.

Er was een zakelijke bijeenkomst die eindigde terwijl Julia in de lobby wachtte.

Ze verborg haar verlegenheid door haar benen te bewegen toen de oude zakenlui in pak naar haar keken toen ze de lift naderden.

Ze glimlachte alleen maar toen de mannen hun gesprekken voortzetten.

Ze keek door de gang en zag Stevens terugkeren naar zijn kantoor, want god weet hoe lang.

Ze had alles gepland.

Nu was het tijd voor Plan B.

Hij wachtte tot er meer vrouwen zouden komen opdagen voor de afspraak van tien uur.

De grote bewaker was er om de vrouwen te organiseren voordat het tijd was om op te treden.

Juliet sloeg haar benen over elkaar en verdraaide een voet, wat Adams aandacht trok.

Ze droeg een kleine tas met haar elektronische apparatuur, stond op en liep verleidelijk naar de bewaker toe.

"Is de baas hier?" Zij vroeg.

"Stevens?"

Julia knikte.

'Ja, kan ik alleen met hem praten?'

'Je krijgt snel je kans,' zei Adams, hem een beetje plagend. 'We wachten tot de andere meisjes komen opdagen. Ik weet ook van je bijzondere talent. Ja, met een mond als die van jou, zal ik je zeker een kans geven.'

'Eigenlijk heb ik een soort zakelijk project. Ik weet zeker dat je het leuk zult vinden.'

Juliet gebaarde naar haar benen en tilde discreet de voorkant van haar jurkje op om de jarretelgordel en kousen te onthullen.

'Heerlijk,' schamperde hij weer. "Je bent een ongelooflijk pakket. Je hebt een heerlijke mond en mooie benen. Ik sta versteld van je andere talenten."

'Dat zijn de ontdekkingen voor je baas. Als we tot wederzijds voordelige voorwaarden komen, heb je misschien later een kans om me op de proef te stellen. Tegen die tijd ben je een brave jongen en krijg je deze ontmoeting?'

Hij knikte langzaam en keek naar haar lichaam.

"Ja zeker wachten."

Adams liep door de gang naar Stevens' kantoor.

Het gesprek was kort en hij keerde snel terug.

Hij had een honger op zijn gezicht die er bijna griezelig uitzag.

'Je hebt geluk, Karen,' zei hij. 'De baas herinnert zich nog dat hij gisteren hoorde over je orale uitspattingen en kijkt ernaar uit om suggesties te bespreken. Ik heb hem ook verteld wat je beneden hebt. Ga je gang. Zijn kantoor is hier.'

Ze knipoogde.
"Heel erg bedankt."
Juliet liep door de gang naar de open deur.

HOOFDSTUK 7

Het was de eerste keer dat ze Stevens ontmoette, en het maakte haar nerveuzer dan gewelddadige criminelen of straatverkopers tegen te komen.

Stevens was een man met grote macht en invloed op het Amerikaanse politieke systeem.

Een god in de mediawereld.

Erger nog, als ze een fout maakte, stond haar huid op het spel en in dit geval was er geen politie-ondersteuning om haar te helpen.

Hij ging het kantoor binnen en zag Stevens, een lange en imposante figuur, die achter zijn bureau ging staan nadat hij wat documenten had opgeborgen.

"Kan ik de deur sluiten?" Zij vroeg.

Hij lachte haar uit.

'Doe dit alstublieft. Sommige zakelijke voorstellen worden privé gehouden.'

Juliet sloot de deur nadat ze door de gang had gekeken en zag dat Adams naar haar knipoogde.

Nu ze alleen was met haar prooi, werkte ze haar charme uit.

'Je hebt het druk, dus ik zal het even uitleggen,' zei hij met een sexy stem. 'Ik weet wat mannen zoals jij willen. Waarom probeer je niet het tegenovergestelde? Af en toe een klein beetje verandering.'

Stevens stapte naar voren om ze bij elkaar te brengen.

"Vervolgens. Wat houdt uw aanbod precies in?"

"Dominante vrouw. Krachtige mannen houden ervan om vrouwen te hebben, maar het tegenovergestelde kan een nieuwe seksuele ervaring zijn. Heb je ooit genoten van het plezier om je te onderwerpen aan een krachtige vrouw? Geboeid en in de handen van een dominante vrouw. Dat ben ik. Ik ben." ik weet zeker dat veel van je vrienden en collega's van mijn tamme zullen houden. Laat me je een voorproefje geven van wat ik kan doen. "

'Dus je wilt me vastbinden?'

'En je blinddoekte,' voegde ze er met een blije glimlach en een opwindende knipoog aan toe.

'Jij bent de deepthroat-vrouw, nietwaar?' vroeg Stevens.

"Ik ben het en ik ben er trots op."

"Waarom zou ik bondage willen spelen als ik je beste eigenschap kan bewijzen?"

Julia haalde even haar schouders op.

'Ik weet zeker dat je elke dag een diepe keel hebt. Waarom probeer je mijn andere vaardigheden niet eens?'

'Een sterke onderhandelaar,' knikte hij. "Executieve vrouwen kunnen echt van je leren. Ze zijn slim, wild en sexy als de hel. Mijn soort vrouw."

Ze knipoogde.

"Heel erg bedankt."

"Heb je deze baan al lang?"

'Een paar jaar. Het is een beetje een bijbaantje voor mij.'

"Wat is je fulltime baan?" Ik vraag.

"Laten we zeggen dat ik een techfreak ben en dodelijk achter de computer zit. Maar ik praat niet graag over mijn persoonlijke leven."

Stevens glimlachte boosaardig.

Veel mannen beweren dat ze van slimme vrouwen houden, maar voor hem was het waar.

Juliet wist dat dit een gevaarlijk spel was en de inzet steeg.

'Klinkt goed voor mij,' zei hij zelfverzekerd. "Ik moet je hebben. Ik laat je doen wat je wilt met me; bind me vast, blinddoek me, neuk me. Wat dan ook."

Juliet onderdrukte haar eigen glimlach en behield haar uiterste kalmte.

Ze was een expert op het gebied van knopen en Stevens zou al snel hulpeloos zijn als ze haar cd kopieerde voordat ze hem volledig vernietigde.

'Laten we beginnen,' zei ze. "Ik zal de ..."

'Niet zo snel. Pak je jurk. Laat me je jarretelgordel zien. Ik heb hele aardige dingen gehoord over hoe hij je staat.'

Zonder aarzeling tilde Julieta de voorkant van haar jurk op om haar onberispelijke kousen en kanten slipje te onthullen.

Ondanks de gecompliceerde situatie waarin ze zich bevond, voelde ze zich goed om op die manier begeerd te worden.

"Vind je het leuk wat je ziet?" vroeg hij met een schudding van zijn heup.

Stevens knarsetandde.

'Ja, ik zal je aannemen. Maar eerst moet je je aan mijn regels houden.'

'En hoe zou dat werken?'

Juliet wist precies wat deze man voorstelde.

Angst liep langs haar ruggengraat, maar ze weigerde terug te deinzen.

'Wees een beetje van mijn speenpop,' glimlachte ze. "Ik wil echt je lippen en je keel proeven. Je bent perfect voor mijn pik met die mooie blauwe ogen die naar me kijken. Ik zal genieten van naar je kijken en je haar wrijven terwijl je mijn pik opeet."

Door de situatie waarin Julieta zich bevond, trok haar kutje samen en begon ze te friemelen.

Het was lang geleden dat een man haar zo had misbruikt.

Zou ze het echt kunnen met de man die haar zus chanteerde?

Een man die het walgelijke dossier van stiekem opgenomen video orkestreerde?

Niemand zou er iets van hoeven te weten.

Zoals altijd won Julia's meer gevaarlijke kant.

Dat deed hij altijd.

Zijn neiging om meedogenloos te leven was de belangrijkste reden dat hij nooit met het grootste deel van zijn familie kon opschieten.

Ze knikte.

"Geen spelletjes. Geen onzin. Als ik je mijn mond laat neuken, zal ik je vastbinden en je een voorproefje geven van echte vrouwelijke dominantie. Als je van mijn diensten houdt, kun je me inhuren voor jou en je vrienden. We hebben een deal ? "

"Je bent de taaiste onderhandelaar die ik ooit heb ontmoet", zei ze lachend. "Natuurlijk, we zullen zien wat er in je opkomt."

Toen de baas een la in de buurt opende, zag Juliet een verscheidenheid aan bekende seksspeeltjes.

Het was een indrukwekkende verzameling apparaten voor seksuele controle en onderwerping.

Stevens haalde een halsband tevoorschijn met het woord "FOX" op het leer gegraveerd en aan een riem vastgemaakt.

Natuurlijk vroeg hij zich af of dit dezelfde ketting was die bij zijn zus was gebruikt.

De gedachte was moeilijk te verteren.

'Heb je er ooit een gebruikt?' vroeg hij, het omhoog houdend als een kroon.

"Ik heb er zo een."

'Dus? Vond je het leuk?'

"Het is jaren geleden", gaf hij toe. "Maar ja, ze vond het heerlijk om als een kitten vastgebonden te worden."

"Goede kat. Ik zal dit geweldig vinden. Ga nu op je knieën."

Julieta legde haar tas op tafel en liet zich op haar knieën vallen, in de hoop dat er alleen maar een pijpbeurt van haar zou worden gevraagd.

Maar omgaan met zoveel mannen leek onwaarschijnlijk.

Niemand zou er ooit achter komen, hield hij zichzelf voor.

Ze tilde haar kin op en liet Stevens de ketting om haar nek spannen.

De niet-aflatende druk rond haar nek zorgde voor centra van plezier die ze al lang niet meer had opgemerkt.

Alsof het een teken was, klemde haar kutje zich samen.

Juliet keek op van haar knieën en voordat zijn pik in haar mond werd gestoken, zag ze aarzeling in Steven's ogen.

'Weet je, iets over jou komt me bekend voor. Ik kan het niet identificeren.'

Ze staarde hem dapper aan en bad dat hij niet zou ontdekken wie ze was.

In veel opzichten leken Julia en Barbara op elkaar en deelden ze veel van dezelfde gelaatstrekken.

Even vroeg ze zich af of ze haar haar niet donkerder had moeten verven.

'Ik controleer je berichtennetwerk,' antwoordde ze. "Je omringt je de hele dag met mooie vrouwen. Ik weet zeker dat alles op een gegeven moment door elkaar gaat lopen."

Hij glimlachte en lachte toen.

'Je hebt gelijk. Doe nu je mond wijd open, vuile teef.'

In een zeer vloeiende beweging liet Stevens zijn pik los, die al keihard was.

Juliet kromp ineen toen ze zich realiseerde dat dit de eerste keer was dat ze een man had gestofzuigd terwijl ze aan het werk was.

Omdat ze dacht dat ze op geen enkele manier van deze fellatio kon genieten, bereidde ze zich mentaal voor om zijn pik in haar mond te krijgen.

Zonder op een vriendelijke binnenkomst te wachten, was ze voorbereid op wat komen ging.

Op het moment dat Juliet haar mond opendeed, trok Stevens aan de riem en duwde haar heupen.

In een fractie van een seconde was Julia's mond gevuld met het harde vlees van de man en was de toegang tot haar luchtpijp bijna geblokkeerd.

Het smaakte en voelde als elke andere lul, maar dat deed het niet.

Tijdens de universiteit hadden Julieta en Barbara vaak ruzie over jongens, maar ze waren nooit seksueel met dezelfde jongen.

En nu slikte hij een pik die zijn zus regelmatig had gezogen en geneukt.

En de grootste ironie was dat hij dit deed namens zijn zus.

Stevens schoof hem in en uit zijn keel en sloeg met grote kracht op zijn pik.

Als ze niet zo was vastgepind, had ze misschien moeite gehad om overeind te blijven.

Maar hij bereikte al snel een voorspelbaar tempo waardoor hij kon ademen en rechtop kon blijven.

Juliet vroeg zich natuurlijk af wie Stevens zou beoordelen als de beste klootzak.

Ze had hem in de video de mond van haar zus zien neuken en merkte dat hij zelfs tijdens een orgasme erg beheerst was.

Juliet vroeg zich af of het mogelijk zou zijn om zijn lusteloze houding te doorbreken en begon actief mee te doen door haar tong rond de punt van zijn penis te draaien terwijl deze in en uit haar mond bewoog.

Het zou geen kwaad kunnen als hij probeerde meer plezier van hem te krijgen, en Juliet was er vrij zeker van dat ze dat kon.

Op dat moment was ze in conflict.

Ze voelde zich schuldig bij de gedachte Stevens meer een plezier te doen, die zeker geen seconde van haar tijd had verdiend.

Juliet was echter nogal competitief en besloot de uitdaging aan te gaan die ze zichzelf had gesteld.

In haar onderdanige pikzuigende positie ontspande ze haar kaak volledig en ging aan het werk.

Ze leunde met haar hoofd achterover, een truc die ze van een prostituee had geleerd en die ze volledig kon verwerken.

Hun bewegingen werden ernstig beperkt, letterlijk door aan een korte lijn te worden gehouden.

Maar dat maakte niet uit.

Elke keer dat hij zijn pik in haar mond duwde, zoog ze met de perfecte druk.

Toen hij opkeek, zag hij dat Stevens zich concentreerde.

Terwijl hij zich terugtrok, danste haar tong rond het puntje van zijn staart, in een poging elk voorvocht te vangen dat geproduceerd werd.

De man bleef stoïcijns.

Er was een gezoem in haar keel waardoor Stevens uiteindelijk moest glimlachen.

Het werk van haar mond ging door.

Hij zag Stevens' hoofd terugveren terwijl hij steeds luider kreunde.

Juliet had hem dit zijn zus niet eens aan zien doen.

Als dit een wedstrijd was, won ze.

Het was gemakkelijker dan verwacht, en in dat tempo zou hij de baas binnen enkele minuten hebben vastgebonden.

Zijn groeiend optimisme werd bedorven door een klop op de deur.

Ze probeerde zich terug te trekken, maar de baas trok aan de lijn en hield haar mond vol met zijn pik.

"Op tijd", glimlachte Stevens. "Ik heb Adams gevraagd om terug te komen. Hij helpt me met veel zaken en helpt bij het screenen van potentiële zakenpartners."

De deur ging open en Juliet slaagde erin haar hoofd net genoeg te draaien zodat de lange bewaker de kamer binnenkwam.

Adams glimlachte breed, zijn droom stond immers op het punt uit te komen.

HOOFDSTUK 8

Stevens raakte Julia's wang zachtjes aan.

'Kijk me aan. Je kunt stoppen wanneer je wilt. Tik maar. Schreeuw. Zeg iets. Dan kom je naar buiten. Knik als je het begrijpt.'

Juliet slaagde erin te knikken, ook al zat zijn pik in haar mond.

"Prima," antwoordde hij. 'Adams, doe je kleren uit.'

'Met genoegen, baas,' zei de bewaker op angstaanjagende toon.

De deur ging dicht en toen Adams achter haar stapte, voelde Juliet de voorkant van haar jurk over haar middel naar beneden glijden.

Grote handen streelden haar rug voordat ze haar beha losmaakte en haar speelse tieten losliet.

Julia's lichaam reageerde zoals altijd op de ruwe behandeling.

Ook al had hij ervoor gekozen om afstand te nemen van deze levensstijl, het voelde als thuiskomen.

Haar roze tepels verhardden zelfs voordat Adams dikke vingers ze vastgrepen.

Dat deed haar blozen.

Terwijl de staart nog in haar keel zat, tilde de lange man Julia van de vloer zodat ze de jurk onder haar vandaan kon trekken.

Haar kousenbanden en slipje waren gescheurd en opzij gegooid.

Toen trok hij haar hakken uit en scheurde haar kousen uit.

Ze was naakt.

Verdomd naakt.

Van top tot teen, behalve de ketting om haar nek.

Het slimste was om er gebruik van te maken.

Hij moet toegeven en weglopen met wat er nog over is van zijn waardigheid.

Maar Julia was koppig, wat een familietrekje was.

En, op een vreemde manier, was dit zijn manier om Stevens' afpersing te gebruiken om gerechtigheid voor iedereen te krijgen.

Het was ook haar manier om de fouten te corrigeren die ze in haar leven had gemaakt: als voormalig agent en als jongere zus.

Een vorm van verzoening.

Het is waar dat de angst en bezorgdheid die ze voelde toen ze naakt was, overgeleverd aan twee grote vreemden, haar van streek maakte.

Met een lul in haar mond vroeg ze zich af wat er zou gebeuren als haar kutje vloeistof op de vloer lekte.

Stevens hervatte de aanval op haar nek.

Zijn mond was te uitgestrekt en zijn kaak deed pijn van de agressieve bewegingen.

Maar dankzij jarenlange ervaring hield ze haar tanden uit de buurt van zijn staart.

Na nog een paar stoten stootte Stevens zijn pik een paar seconden aan.

Hoewel Julieta niet kon ademen, bleef ze kalm.

Gelukkig trok Stevens zijn pik eruit en hapte Juliet naar adem.

'Je bent nu een werkende vrouw, nietwaar?' vroeg Stevens alsof dit een verhoor was geworden. 'Niemand heeft je ertoe aangezet? Je bent hier alleen als zakenvrouw, toch?'

Juliet haalde diep adem en gorgelde, terwijl het speeksel langs haar kin droop.

"Zu ik een lul zuigen als een verdomde agent of zo?"

'Ik heb nooit gezegd dat je een agent bent. Ik vraag het gewoon.'

Hij spuugde om niet te stikken.

"Ik ben een verdomde zakenvrouw."

"Ok dan. Adams, ga aan je poesje werken. Ik zal voor je mond zorgen. We zullen zien of het breekt."

Ze trokken haar aan de lijn en dwongen Julia als een hond naar de bank te kruipen.

Stevens ging zitten, een knie op de bank en een been op de grond.

Hij klopte op het kussen en Juliet klom op de bank.

Het was op handen en voeten, tussen zijn benen en voor hem.

Ze hield oogcontact met de baas en hoorde Adams zich uitkleden en achter haar komen staan.

Bijna onmiddellijk spreidden de grote handen van de beveiligingsman haar billen, en Juliet wist dat hij haar natte kutje en anus van dichtbij bestudeerde.

Terwijl ze angstig wachtte, hield ze haar gezicht kalm zodat Stevens zou blijven geloven dat ze een echte prostituee was.

Maar toen Adams vingers haar kutje begonnen te onderzoeken, snakte ze naar adem.

"Stop met aan mijn pik te zuigen," beval Stevens. "Je doet het erg goed".

Terwijl ze ontspande op het ritme van Stevens' pik die in en uit haar mond bewoog, vroeg ze zich af hoe groot het pakket was dat Adams had.

Het element van het onbekende is altijd aantrekkelijk voor haar geweest.

Adams werd hardnekkiger en nieuwsgieriger en stak twee dikke vingers in haar kutje.

'Shit, ze is strak voor een hoer,' mompelde hij bijna in zichzelf.

De baas glimlachte.

"Neuk haar dan al."

Juliet voelde Adams zijn vingers terugtrekken en vervangen door de eikel van zijn pik.

Ze probeerde een idee te krijgen van de grootte en was onder de indruk.

Het was absoluut een stuk groter dan Stevens en ze was volledig gefocust op haar kutje, ook al bleef Stevens haar mond doorboren.

Adams' intrede in zijn Hole in Need was attenter dan verwacht.

De bewaker drukte tegen haar bekken, bewoog de kop van zijn staart en duwde zijn lange, dikke staart centimeter voor centimeter.

Net toen Juliet dacht dat ze het niet meer aankon, boog Adams zich voorover en duwde haar vol naar binnen.

Ze verstijfde even toen ze aan zijn enorme erectie gewend raakte en hervatte toen haar orale manipulaties op Stevens.

Toen Adams in en uit haar sterk gestimuleerde kutje begon te bewegen, voelde ze een deel van haar.

'Ik voel het zich uitbreiden,' gromde Adams.

'Je moet de volgende keer haar keel proberen. Ik weet zeker dat het bestuur van haar zal houden. Ik zal haar bij elke vergadering onder de tafel zetten. Daar hoort ze thuis. Op haar knieën.'

In het verleden had Julia veel verdorven seksuele handelingen gehad.

Maar gevangen zitten tussen twee mannen die op zoveel verschillende manieren machtig waren, was het meest opwindende.

Het was geen vraag, ze werd gedomineerd en ze genoot van elke seconde die werd afgeleid door de situatie terwijl de tranen van spanning over haar gezicht rolden.

Hoewel hij op elk moment vrij was om te gaan, vond hij deze onconventionele unie onweerstaanbaar.

Beide mannen gebruikten het voor hun eigen plezier, en als resultaat voelde Juliet haar lichaam gespannen terwijl ze zich voorbereidde om los te komen.

Stevens' staartbewegingen werden hectischer en ze wist dat hij ook dichtbij was.

Ondertussen had Adams een geweldige tijd met haar kutje.

Steeds harder slaan.

Zijn slagen werden intenser en dringender toen zijn vingers diep in haar heupen drongen.

De zoete wrijving van zijn pik die in en uit haar tunnel zeilde, bracht haar snel tot een duizelingwekkende, natte climax.

Plotseling brak ze en voelde haar kutje samentrekken tegen de dikke staaf terwijl hij haar spietste.

De krampen schokten haar lichaam terwijl ze probeerde te kreunen, maar werd gedempt door de pik in haar mond.

"Fuck yeah bitch. Kom op mijn lul," gromde Adams.

Juliet schaamde zich en was tegelijkertijd opgetogen.

Hij droeg deze emotionele mantel comfortabel.

Het was lang geleden dat ze zo'n krachtig orgasme had meegemaakt en ze wist dat het moeilijk zou zijn om aan dit ongelooflijke plezier te ontsnappen.

Uiteindelijk maakte ze een grote natte puinhoop op de leren bank en de vloer van de harde straal die ze had uitgeworpen.

Ze was er zeker van dat het niemand iets zou schelen, behalve degene die verantwoordelijk was voor het schoonmaken van het kantoor.

Stevens stotterde:

'Ik spuit mijn lading in zijn mond. Adams, ben je klaar?'

"Ik was er klaar voor vanaf het moment dat ik haar ontmoette."

Beide mannen trokken hun staart van Julieta's gebruikte lichaam en draaiden ze om om naar haar te kijken terwijl ze voor haar stonden.

Julieta gooide haar hoofd achterover en opende haar mond terwijl de twee mannen elkaar streelden tot ze klaarkwamen.

De zoute jets van beide mannen bedekten hun tong, mond en keel.

De plons leek eindeloos.

Op de een of andere manier slaagde hij erin de lading in te slikken terwijl het tij voortduurde.

Ze was verbaasd dat ze niet had overgegeven.

Toen de orgasmes van de mannen voorbij waren, viel Juliet op de grond in een met sperma gevulde roes.

Hij hapte naar adem door zijn met sperma bedekte mond en probeerde zich precies te herinneren waarom hij daar was.

De twee mannen stonden bovenop haar, hun natte, slappe staart bungelend.

Op dat moment verstond hij nauwelijks haar woorden of wie wat zei.

"Wat een geweldige shit. Ze is een echte klootzak."

"Het beste poesje dat ik in lange tijd heb gehad. En ze heeft een geweldige kont. Ik denk dat ze hier een nieuwslezerespositie zou kunnen hebben."

Juliets gedachten zweefden in haar postorgastische mist, denkend aan haar zus en het echte doel van haar bezoek.

Hij zag de mannen staren naar hun blote lichamen en roze tepels, samen met het zweet op hun borst en voorhoofd.

Stevens boog zich voorover om de riem los te maken en toen kon hij weer comfortabel ademen.

HOOFDSTUK 9

Tot zijn verbazing hield Stevens woord.

Ze waren allebei volledig naakt op kantoor en ze had hem volledig geïmmobiliseerd.

Als knoopexpert wist ze hoe ze een lange man moest bedwingen.

Nadat ze hem geblinddoekt had, duwde ze haar gescheurde slipje in haar mond.

Naakt pakte ze haar tas en rende naar het bureau.

Hij haalde een van zijn telefoons tevoorschijn en stopte die in de server.

Toen hij toegang had tot de harde schijf, merkte hij dat alle geheime camera's actief waren en aan het opnemen waren.

Hij gebruikte de camera in hetzelfde kantoor en spoelde de beelden terug.

Julieta zag zichzelf zuigen en zuigen terwijl ze werd bestuurd door een riem in een video.

Ze sloeg de video iets verder over en zag haar van achteren geneukt worden terwijl ze op Stevens' lul zoog.

Het was een beetje gênant om haar gevangen en geneukt te zien worden door deze twee lange, dominante mannen.

'Klootzak,' mompelde hij.

Hij realiseerde zich dat de tijd cruciaal was toen hij Stevens door de knevel hoorde schreeuwen.

Zelfs geblinddoekt realiseerde hij zich dat de baas wist wat er gebeurde en wat er met de eenheid gebeurde.

Nadat hij van alles een digitale kopie had gemaakt, stopte hij zijn andere telefoon in en bleef een minuut staan terwijl de hele harde schijf volledig werd vernietigd.

Zijn werk zat erop.

Hij hoefde alleen maar te vluchten, maar hij kon het niet laten om nog een laatste keer naar deze afperser te kijken.

Ze wendde zich tot Stevens.

Op dat moment was ze eraan gewend om naakt op kantoor te zijn en leunde ze voorover om zichzelf op de schouder te kloppen.

'Bedankt voor de hete neukbeurt,' zei hij in haar oor. 'Maak je geen zorgen, ik laat de deur op een kier staan zodat iemand je kan vinden. Tot die tijd ben ik weg en zul je me nooit meer zien. En voor de goede orde, het was het waard.'

Nadat Julieta zijn voorhoofd had gekust en hem uit alle macht zag vechten, trok ze de jurk aan.

Ze trok op haar hielen en haastte zich het kantoor uit.

Hoewel ze struikelde, ontsnapte ze zonder problemen.

NAWOORD

Toen hij al weg was van het gebouw en door de drukke stadsstraat liep, merkte hij dat zijn adem naar sperma stonk.

Twee enorme ladingen zouden dat met elk meisje doen.

Maar toen ze haar tas stevig vasthield, ontdekte ze dat ze een grote openbare dienst had bewezen.

Hoewel dit een bevredigende gedachte was, kon hij niet ontkennen dat de warme gloed van deze seksuele ontmoeting zeer verrassend was geweest.

Misschien was het tijd om je spullen af te vegen en terug te gaan naar de ruige seksclubs om wat stoom af te blazen.

EINDE

www.ingramcontent.com/pod-product-compliance
Lightning Source LLC
Chambersburg PA
CBHW021319160726
47994CB00004B/1521